世界名詩選集 / 하 이 네

SEO MUN DANG'S
SCENTED TREASURY
OF WORLD POETRY
AND
FINE ART

....

....

....

世界名詩選集 / 홍해영 譯

하 이 네

瑞文堂

하이네 차례

I. 그대는 한 송이 꽃 같아

II. 고독한 이 눈물은

하이네——원시(原詩)/차 례

I. 그대는 한 송이 꽃 같아

그대는 한 송이 꽃 같아요

그대는 한 송이 꽃 같아요
그다지도 청초하고 아름다워.
그대 모습 바라볼 때
내 가슴엔 슬픔이 솟구쳐요.

무심코 두 손 벌려
그대의 머리 위로 손을 모아
언제까지나 맑고도 사랑스럽기를
비는 마음 가슴에 넘쳐요.

DU BIST WIE EINE BLUME

Du bist wie eine Blume
So hold und schön und rein;
Ich schau dich an, und Wehmut
Schleicht mir ins Herz hinein.

Mir ist, als ob ich die Hände
Aufs Haupt dir legen sollt',
Betend, daß Gott dich erhalte
So rein und schön und hold.

아, 나는 눈물이 그리워

아, 나는 눈물이 그리워,
달콤한 근심에 젖은 사랑의 눈물이
그처럼 그립던 마음이
그리움 그대로 끝나지 않을까 두렵구나.

아, 사랑의 달콤한 근심과
사랑의 쓰라린 기쁨이
또다시 내 가슴 괴롭히려
채 아물지도 않은 가슴에 밀려드네.

ACH, ICH SEHNE MICH NACH THRÄNEN

Ach, ich sehne mich nach Thränen,
Liebesthränen, schmerzenmild,
Und ich fürchte dieses Sehnen
Wird am Ende noch erfüllt.

Ach, der Liebe süßes Elend
Und der Liebe bittre Lust
Schleicht sich wieder, himmlisch quälend,
In die kaum genes'ne Brust.

어찌하여 장미는 창백한가

어찌하여 장미는 창백한가,
오 내 사랑 그대, 말해 주오?
어찌하여 초록빛 수풀에서
하늘빛 제비꽃은 입 다무는가?

어찌하여 수심어린 목소리로
하늘의 종달새는 지저귀는가?
어찌하여 발삼국화 사이로
시신 썩는 내음이 나는 건가?

어찌하여 태양은 그렇듯
무정하고 지리하게 초원에 비치는가?
어찌하여 대지는 그렇듯 잿빛이고
묘지처럼 황폐해 있는가?

내 사랑 그대, 말해 주오
어찌하여 나 병들고 지쳤는지?
오 내 사랑하는 그대, 말해 주오
어찌하여 당신은 나를 버렸는지?

WARUM SIND DENN DIE ROSEN SO BLASS

Warum sind denn die Rosen so blaß,
O sprich, mein Lieb, warum?
Warum sind denn im grünen Gras
Die blauen Veilchen so stumm?

Warum singt denn mit so kläglichem Laut
Die Lerche in der Luft?
Warum steigt denn aus dem Balsamkraut
Hervor ein Leichenduft?

Warum scheint denn die Sonn' auf die Au
So kalt und verdrießlich herab?
Warum ist denn die Erde so grau
Und öde wie ein Grab?

Warum bin ich selbst so krank und so trüb,
Mein liebes Liebchen, sprich?
O sprich, mein herzallerliebstes Lieb,
Warum verließest du mich?

그래요, 불행한 그대…

그래요, 불행한 그대, 나는 미워하지 않겠네.——
내 사랑이여, 우리 둘은 불행해야만 하는가!
죽음이 우리의 아픈 마음 가져갈 때까지
내 사랑이여, 우리 둘은 불행해야만 하는가!

그대 입가에 비웃음 감돌아도,
그대 눈빛이 오만하게 번쩍여도,
그대 가슴이 자만으로 넘쳐도,——
그래요 그대는 불행하오, 나처럼 불행하다네.

그대 입가로는 보이지 않는 고통이 감돌고
눈물은 숨어서 눈빛을 적시고
오만한 가슴은 숨겨진 상처를 껴안고 있구려——
내 사랑이여, 우리 둘은 불행해야만 하는가.

JA, DU BIST ELEND…

Ja, du bist elend, und ich grolle nicht;——
Mein Lieb, wir sollen beide elend seyn!
Bis uns der Tod das kranke Herze bricht,
Mein Lieb, wir sollen beide elend seyn!

Wohl seh ich Spott, der deinen Mund umschwebt,
Und seh dein Auge blitzen trotziglich,
Und seh den Stolz, der deinen Busen hebt,——
Und elend bist du doch, elend wie ich.

Unsichtbar zuckt auch Schmerz um deinen Mund,
Verborgne Thräne trübt des Auges Schein,
Der stolze Busen hegt geheime Wund',——
Mein Lieb, wir sollen beide elend seyn.

타국(他國)에서

너 이리저리 쫓겨다니며
그 까닭도 모르는구나.
부드러운 목소리가 바람 속에서 들려올 때
너는 놀라며 돌아보는구나.

부드럽게 너를 부르는 것은
뒤에 남은 사랑하는 여인.
오 돌아와 주세요, 사랑하는 당신
그대만이 오로지 나의 행복이어요!

하지만 떠나거라, 쉬지 말고 가 다오,
너는 걸음을 멈추면 안되는 것.
그다지도 네가 사랑했었다면
너는 다시 돌아보면 안되지.

IN DER FREMDE

Es treibt dich fort von Ort zu Ort,
Du weißt nicht mahl warum;
Im Winde klingt ein sanftes Wort,
Schaust dich verwundert um.

Die Liebe, die dahinten blieb,
Sie ruft dich sanft zurück:
O komm zurück, ich hab' dich lieb,
Du bist mein einz'ges Glück!

Doch weiter, weiter, sonder Rast,
Du darfst nicht stille stehn.
Was du so sehr geliebet hast
Sollst du nicht wiedersehn.

노래의 날개 위에

노래의 날개 위에
사랑하는 그대를 태워가리
갠지스 강 저 넓은 초원으로
그 곳은 내가 아는 가장 아름다운 곳.

고요한 달빛 아래
붉게 피어나는 꽃밭.
연꽃들은 사랑스런
그대 기다린다네.

제비꽃들은 서로 마주 웃고
별들을 바라보며 속삭이네.
장미꽃들은 남모르게
달콤한 말 주고받고.

숲에서 뛰어나와 귀기울이는
영양(羚羊)들의 순진한 모습.
멀리서 귓가에 들려오는
성스러운 강물 그 맑은 소리.

종려나무 아래
우리 나란히 누워
사랑의 잔을 함께 들며
행복한 꿈을 꾸어봐요.

AUF FLÜGELN DES GESANGES

Auf Flügeln des Gesanges,
Herzliebchen, trag' ich dich fort,
Fort nach den Fluren des Ganges,
Dort weiß ich den schönsten Ort.

Dort liegt ein rothblühender Garten
Im stillen Mondenschein;
Die Lotosblumen erwarten
Ihr trautes Schwesterlein.

Die Veilchen kichern und kosen,
Und schau'n nach den Sternen empor;
Heimlich erzählen die Rosen
Sich duftende Mährchen in's Ohr.

Es hüpfen herbei und lauschen
Die frommen, klugen Gazell'n;
Und in der Ferne rauschen
Des heiligen Stromes Well'n.

Dort wollen wir niedersinken
Unter dem Palmenbaum,
Und Liebe und Ruhe trinken,
Und träumen seligen Traum.

꿈의 모습 1

언젠가 나 꿈꾸었지 타오르는 사랑의 불꽃을,
빛나는 머리카락과 미르테 꽃과 레세다 꽃을,
달콤한 입술과 쓰라린 말을,
우울한 노래의 울적한 멜로디를.

오래 전에 꿈은 빛을 잃고 사라졌지,
내 사랑 꿈의 모습도 사라졌다네!
불타는 마음으로 적어 놓은
지난날의 정다웠던 그 노래만 남았구나.

너만 남았거니, 버림받은 노래여! 너도 이젠 사라져 다오,
그 옛날 내게서 사라진 꿈의 모습 찾아 다오,
그 모습 찾거든 내 인사말 전해 다오——
나 허공의 그림자에게 공허한 속삭임을 띄운다고.

TRAUMBILDER I

Mir träumte einst von wildem Liebesglühn,
Von hübschen Locken, Myrthen und Resede,
Von süßen Lippen und von bitter Rede,
Von düstrer Lieder düstern Melodien.

Verblichen und verweht sind längst die Träume,
Verweht ist gar mein liebstes Traumgebild!
Geblieben ist mir nur, was gluthenwild
Ich einst gegossen hab' in weiche Reime.

Du bliebst, verwaistes Lied! Verweh' jetzt auch,
Und such' das Traumbild, das mir längst entschwunden
Und grüß' es mir, wenn du es aufgefunden——
Dem luft'gen Schatten send' ich luft'gen Hauch.

푸른 봄 눈길이

푸른 봄 눈길이
풀 속에서 엿보는구나.
그건 사랑스러운 제비꽃,
그걸 따서 꽃목걸이나 만들까.

제비꽃 따면서 나 생각에 잠기면
솟구치는 추억이
내 가슴에 그리움으로 젖고
꾀꼬리는 소리 높이 우는구나.

그래, 꾀꼬리는 내 마음을 노래하는 거야
큰 소리로 메아리치는 걸 거야.
내 은밀한 속마음이
어느새 온 숲 속으로 퍼져버렸구나.

DIE BLAUEN FRÜHLINGSAUGEN

Die blauen Frühlingsaugen
Schau'n aus dem Gras hervor;
Das sind die lieben Veilchen,
Die ich zum Strauß erkor.

Ich pflücke sie und denke,
Und die Gedanken all,
Die mir im Herzen seufzen,
Singt laut die Nachtigall.

Ja, was ich denke, singt sie
Lautschmetternd, daß es schallt;
Mein zärtliches Geheimniß
Weiß schon der ganze Wald.

5월이 오니

5월이 오니
풀과 나무에 꽃피고
푸른 하늘을 가로질러
장미빛 구름도 흐른다네.

가지는 엉켜 하늘 가리는 숲
상냥한 꾀꼬리 노래 부르고
부드러운 초록빛 클로버 위로
하얀 양떼는 뛰논다네.

나는 아픈이처럼 풀밭에 엎드려
노래를 부르지도 뛰놀지도 못하고,
까닭모를 생각에 잠긴 채
다만 저 머나먼 곳으로 귀기울인다네.

GEKOMMEN IST DER MAIE

Gekommen ist der Maie,
Die Blumen und Bäume blühn,
Und durch die Himmelsbläue
Die rosigen Wolken ziehn.

Die Nachtigallen singen
Herab aus der laubigen Höh',
Die weißen Lämmer springen
Im weichen grünen Klee.

Ich kann nicht singen und springen,
Ich liege krank im Gras;
Ich höre fernes Klingen,
Mir träumt, ich weiß nicht was.

나비는 장미꽃을 사랑하여

나비는 장미꽃을 사랑하여
장미꽃 언저리를 수없이 맴돌고,
나비의 둘레에도 황금빛 눈부신
사랑의 햇빛이 감돌고 있구나.

하지만, 장미꽃아 넌 누구를 사랑하니?
나는 그것이 너무도 궁금하구나.
노래 부르는 꾀꼬리이니?
말없는 저 하늘 저녁별이니?

나는 장미꽃이 누구를 사랑하는지 모른다네.
그러나 나는 너희 모두를 사랑하지.
장미꽃과 나비와 햇빛,
저녁별 그리고 꾀꼬리를.

DER SCHMETTERLING IST IN DIE ROSE VERLIEBT

Der Schmetterling ist in die Rose verliebt,
Umflattert sie tausendmahl,
Ihn selber aber goldig zart,
Umflattert der liebende Sonnenstral.

Jedoch, in wen ist die Rose verliebt?
Das wüßt' ich gar zu gern.
Ist es die singende Nachtigall?
Ist es der schweigende Abendstern?

Ich weiß nicht, in wen die Rose verliebt;
Ich aber lieb' Euch all:
Rose, Schmetterling, Sonnenstral,
Abendstern und Nachtigall.

아름다운 라인 강(江)물 속에…

아름다운 라인 강(江)물 속
그 물결에 비추이는
웅장한 성당(聖堂) 솟아 있는
성스러운 대도시 쾰른.

성당엔 황금빛 가죽에 그린
그림 한 폭 걸려 있으니,
그것은 황량(荒涼)한 내 삶을
자비로이 비춰 주었네.

꽃과 천사들이 에워싸고 있는
성모 마리아여,
그 눈, 그 입술, 그 뺨은,
사랑하는 그 여인과 닮았구나.

IM RHEIN, IM SCHÖNEN STROME···

Im Rhein, im schönen Strome,
Da spiegelt sich in den Well'n,
Mit seinem großen Dome,
Das große, heilige Cöln.

Im Dom da steht ein Bildniß,
Auf goldenem Leder gemalt;
In meines Lebens Wildniß
Hat's freundlich hineingestrahlt.

Es schweben Blumen und Englein
Um unsre liebe Frau;
Die Augen, die Lippen, die Wänglein,
Die gleichen der Liebsten genau.

봄밤의 어여쁜 눈동자들

봄밤의 어여쁜 눈동자들
위로하듯 내려다보고 있구나.
이다지도 그대를 외곬로 몬 것이 사랑이라면
그 사랑은 다시 그대를 드높여 세우것네.

초록빛 보리수나무에 앉아 노래하는
아름다운 필로멜러 꾀꼬리야,
그대 노래 내 마음에 젖어들 제
이 내 마음 또다시 나래 편다네.

DIE SCHÖNEN AUGEN DER FRÜHLINGSNACHT

Die schönen Augen der Frühlingsnacht,
Sie schauen so tröstend nieder:
Hat dich die Liebe so kleinlich gemacht,
Die Liebe sie hebt dich wieder.

Auf grüner Linde sitzt und singt
Die süße Philomele;
Wie mir das Lied zur Seele dringt,
So dehnt sich wieder die Seele.

달은 떠올라

달은 떠올라
물결 위를 비추고,
내 사랑 당신 품에 안으니
두 가슴은 고동치는구나.

나 정겨운 그대 품에 안겨
고요한 물가에서 안식한다네. ——
「어찌하여 그대는 바람 소리에 귀기울이나요?
어찌하여 그대의 하얀 손은 떨고 있나요?」

「내가 귀기울이는 건 바람 소리가 아니라오,
그건 인어가 부르는 노래라오,
그 옛날 바다에 빠져 죽은
내 누이들이 부르는 노래 소리라오.」

DER MOND IST AUFGEGANGEN

Der Mond ist aufgegangen
Und überstrahlt die Welln;
Ich halte mein Liebchen umfangen,
Und unsre Herzen schwelln.

Im Arm des holden Kindes
Ruh ich allein am Strand;——
"Was horchst du beim Rauschen des Windes?
Was zuckt deine weiße Hand?"

"Das ist kein Rauschen des Windes,
Das ist der Seejungfern Gesang,
Und meine Schwestern sind es,
Die einst das Meer verschlang."

Ⅱ. 고독한 이 눈물은

젊은이의 사랑

젊은이가 아가씨를 사랑했으나
아가씨는 다른 청년을 좋아했으니,
젊은이는 딴 여자를 사랑하여
그녀와 결혼했다네.

아가씨도 분풀이로
우연히 만난 남자와
사랑도 아니면서 결혼했으니,
젊은이는 그만 병들고 말았다네.

이건 단지 옛날 이야기지만
언제까지나 새로운 것이니,
이런 일이 자기에게도 닥친다면
누구고 가슴이 터지고야 말겠네.

EIN JÜNGLING LIEBT EIN MÄDCHEN

Ein Jüngling liebt ein Mädchen,
Die hat einen andern erwählt;
Der andre liebt eine andre
Und hat sich mit dieser vermählt.

Das Mädchen heiratet aus Ärger
Den ersten besten Mann,
Der ihr in den Weg gelaufen;
Der Jüngling ist übel dran.

Es ist eine alte Geschichte,
Doch bleibt sie immer neu;
Und wem sie just passieret,
Dem bricht das Herz entzwei.

은은히 내 마음에 사무치는

은은히 내 마음에 사무치는
사랑스런 종소리.
울려 다오, 짤막한 봄노래를,
먼 데까지 울려 다오.

울려 다오, 그 집까지,
꽃들이 피어나는 곳.
한 송이 장미를 만나거든
내 사랑의 말 전해 다오.

LEISE ZIEHT DURCH MEIN GEMÜTH

Leise zieht durch mein Gemüth
Liebliches Geläute.
Klinge, kleines Frühlingslied,
Kling' hinaus in's Weite.

Kling' hinaus, bis an das Haus,
Wo die Blumen sprießen.
Wenn du eine Rose schaust,
Sag' ich lass' sie grüßen.

고독한 이 눈물은?

고독한 이 눈물은 무엇 때문일까?
눈앞을 흐리어 볼 수가 없구나.
언제부턴가 내 눈에 깃들인 정은
이토록 눈물되어 남아 있구나.

지난날 자매(姉妹)간의 눈물이어도
그 눈물 모두 흘러내려 버렸는데,
우수(憂愁)와 환희(歡喜)도 함께
이 밤과 바람 속에 흘러갔구나.

기쁨 그리고 탄식
그대가 내게 안겨주던 미소
푸르른 별빛마저
희미한 안개처럼 사라졌구나.

아, 내 가슴에 품었던 사랑마저
입김처럼 흔적없이 사라졌구나!
옛날의 고독한 눈물이여,
이제는 너 또한 빨리 사라져 다오!

WAS WILL DIE EINSAME TRÄNE?

Was will die einsame Träne?
Sie trübt mir ja den Blick.
Sie blieb aus alten Zeiten
In meinem Auge zurück.

Sie hatte viel leuchtende Schwestern,
Die alle zerflossen sind,
Mit meinen Qualen und Freuden
Zerflossen in Nacht und Wind.

Wie Nebel sind auch zerflossen
Die blauen Sternelein,
Die mir jene Freuden und Qualen
Gelächelt ins Herz hinein.

Ach, meine Liebe selber
Zerfloß wie eitel Hauch!
Du alte, einsame Träne,
Zerfließe jetzunder auch!

나는 미워하지 않겠네…

나는 미워하지 않겠네, 내 가슴 터진다한들.
영원히 떠나간 사랑이여! 나는 미워하지 않겠네.
당신의 모습이 다이아몬드 빛으로 화려하게 번쩍여도
당신 가슴 속의 어둠을 비춰줄 빛은 없다네.

나는 오래 전부터 알고 있었다네 나는 꿈 속에서 당신을 보았지
그리고 당신 가슴 속의 어둠을 보았고
또한 당신 가슴을 파고드는 뱀도 보았지,
나는 알지 내 사랑아, 당신이 얼마나 불행한지를.

ICH GROLLE NICHT…

Ich grolle nicht, und wenn das Herz auch bricht,
Ewig verlor'nes Lieb! ich grolle nicht.
Wie du auch strahlst in Diamantenpracht,
Es fällt kein Strahl in deines Herzens Nacht.

Das weiß ich längst. Ich sah dich ja im Traum,
Und sah die Nacht in deines Herzens Raum,
Und sah die Schlang', die dir am Herzen frißt,
Ich sah, mein Lieb, wie sehr du elend bist.

그대 내 곁을 지나칠 때

그대 내 곁을 지나칠 때
그대 옷자락만 살짝 스쳐도
내 가슴은 그대 향한 들뜬 환희로
그대 아름다운 자취 따라가요.

그때 그대가 돌아서서
그 큰 두 눈으로 나를 쏘아보면
그만 내 가슴은 철렁 내려앉고
다시금 그대 따라갈 수가 없어요.

WENN DU MIR VORÜBERWANDELST

Wenn du mir vorüberwandelst,
Und dein Kleid berührt mich nur,
Jubelt dir mein Herz, und stürmisch
Folgt es deiner schönen Spur.

Dann drehst du dich um, und schaust mich
Mit den großen Augen an,
Und mein Herz ist so erschrocken,
Daß es kaum dir folgen kann.

숲은 움이 트고…

숲은 움이 트고 푸른빛 감도네
기쁨에 가슴 설레는 소녀처럼.
태양은 미소지으며 내려다보지,
새봄아, 어서 오려무나!

꾀꼬리야! 네 소리도 어느새 들리는구나,
슬픈 듯 기쁨에 젖어 떨리는 피리 소리처럼
흐느끼며 기다랗게 울리는 소리,
네 노래는 사무치는 사랑이구나!

IN DEM WALDE SPRIEßT…

In dem Walde sprießt und grünt es
Fast jungfräulich lustbeklommen;
Doch die Sonne lacht herunter:
Junger Frühling, sey willkommen!

Nachtigall! auch dich schon hör' ich,
Wie du flötest seligtrübe
Schluchzend langgezogne Töne,
Und dein Lied ist lauter Liebe!

늦가을 안개에 서린 꿈

늦가을 안개에 서린 희미한 꿈
안개 자욱한 산과 골짜기
거친 바람은 낙엽을 흩날리고
나무들은 발가벗긴 유령(幽靈) 같구나.

오로지 한 나무만이 슬픈 우수에 잠겨 말없이
나뭇잎을 지닌 채 홀로 서서
슬픔으로 눈물에 젖은 듯
푸른 머리를 흔들며 떨고 있구나.

아, 황야(荒野) 같은 이 내 마음
그리고 그 곳에 서 있는
영원히 푸른 나무는 당신의 모습.
나의 사랑, 아름다운 그대여!

SPÄTHERBSTNEBEL, KALTE TRÄUME

Spätherbstnebel, kalte Träume,
Überfloren Berg und Tal,
Sturm entblättert schon die Bäume,
Und sie schaun gespenstisch kahl.

Nur ein einz'ger, traurig schweigsam
Einz'ger Baum steht unentlaubt,
Feucht von Wehmutstränen gleichsam,
Schüttelt er sein grünes Haupt.

Ach, mein Herz gleicht dieser Wildnis,
Und der Baum, den ich dort schau
Sommergrün, das ist dein Bildnis,
Vielgeliebte, schöne Frau!

나는 꽃을 사랑해

나는 꽃을 사랑해, 어느 꽃인지 몰라도,
그것이 나를 괴롭게 하네.
나는 꽃받침 속을 낱낱이 살펴보며
하나의 마음을 찾고 있네.

해질녘 꽃은 향기를 풍기고
꾀꼬리는 노래하네.
나는 내 맘같은 아름다운 마음을 찾고 있네,
참으로 아름답게 감동하는 마음을.

꾀꼬리 노래하는
아름다운 노래의 뜻을 나는 알고 있지.
우리 둘은 불안하고 슬프다,
그다지도 슬프고 불안하구나.

ICH LIEB' EINE BLUME

Ich lieb' eine Blume, doch weiß ich nicht welche;
Das macht mir Schmerz.
Ich schau' in alle Blumenkelche,
Und such' ein Herz.

Es duften die Blumen im Abendscheine,
Die Nachtigall schlägt.
Ich such' ein Herz so schön wie das meine,
So schön bewegt.

Die Nachtigall schlägt, und ich verstehe
Den süßen Gesang;
Uns beiden ist so bang und wehe,
So weh' und bang.

그대의 눈을 볼 때면

그대의 눈을 볼 때면
모든 내 괴로움과 근심은 사라지고,
당신과 나 입맞추면
내 마음은 삶의 기쁨이 솟네.

나 그대 가슴에 안기면
천국에 온 것 같고,
그대가 「당신을 사랑해요!」하고 말할 때면
어쩐지 나는 괴로움에 눈물 흘리네.

WENN ICH IN DEINE AUGEN SEH

Wenn ich in deine Augen seh,
So schwindet all mein Leid und Weh;
Doch wenn ich küsse deinen Mund,
So werd ich ganz und gar gesund.

Wenn ich mich lehn an deine Brust,
Kommt's über mich wie Himmelslust;
Doch wenn du sprichst: "Ich liebe dich!",
So muß ich weinen bitterlich.

그것은 피리와 바이올린

그것은 피리와 바이올린
그 사이로 낭랑하게 울려퍼지는 트럼펫 소리,
거기 결혼식 윤무(輪舞)를 추는
내 사랑하는 여인.

그것은 팀파니와 목적(牧笛)에서
울려나는 소리,
그 사이에 끼어 흐느끼며 신음(呻吟)하는
아름다운 어린 천사(天使)들.

DAS IST EIN FLÖTEN UND GEIGEN

Das ist ein Flöten und Geigen,
Trompeten schmettern drein;
Da tanzt den Hochzeitreigen
Die Herzallerliebste mein.

Das ist ein Klingen und Dröhnen
Von Pauken und Schallmey'n;
Dazwischen schluchzen und stöhnen
Die guten Engelein.

기사 해롤드

검고 커다란 배 한 척
슬픔을 그득 싣고 달리는구나.
베일로 얼굴 덮고 침묵한 채
상여(喪輿)꾼들이 거기 앉아 있네.

죽은 시인(詩人)은 말없이
얼굴을 드러내고 누워 있으나,
그의 파란 두 눈은 예전처럼
태양을 바라보며 빛나는구나.

심연(深淵)에서 들려오는 소리는
병든 새댁 요정(妖精)의 절규와 같고,
뱃전에 부딪치는 파도, 파도는
애도(哀悼) 소리되어 부서지는구나.

CHILDE HAROLD

Eine starke schwarze Barke
Segelt trauervoll dahin.
Die vermümmten und verstummten
Leichenhüter sitzen drin.

Todter Dichter, stille liegt er,
Mit entblößtem Angesicht;
Seine blauen Augen schauen
Immer noch zum Himmelslicht.

Aus der Tiefe klingt's als riefe
Eine kranke Nixenbraut,
Und die Wellen, sie zerschellen
An dem Kahn, wie Klagelaut.

비 극 1

나와 함께 도망쳐 내 아내가 되어
내 품에서 고이 쉬려무나.
머나먼 이국(異國)땅에서는 내 품이
그대의 조국이며 고향집이야.

그대 함께 떠나지 않으면 나 여기서 죽으리
그러면 그대는 홀로 외로워,
고향집에 있어도
이국땅에 있는 것과 똑같을 거야.

TRAGÖDIE I

Entflieh mit mir und sey mein Weib,
Und ruh an meinem Herzen aus;
Fern in der Fremde sey mein Herz
Dein Vaterland und Vaterhaus.

Gehst du nicht mit, so sterb' ich hier
Und du bist einsam und allein;
Und bleibst du auch im Vaterhaus,
Wirst doch wie in der Fremde seyn.

끝없는 하늘의 별들은

끝없는 하늘의 별들은
오랜 세월 동안 움직이지 않고
서로 마주보고 있네
사랑의 슬픔을 간직한 채.

별들은 아름답고 풍성(豐盛)한 말로
서로 이야기를 나누지만
그 말 알아 듣지 못하네
그 어떤 언어학자라도.

하지만 나만이 알게 된
언제까지나 잊지 않을 그 말,
사랑하는 님의 면면한 모습만이
나만이 그 말을 아는 문법(文法)이라네.

ES STEHEN UNBEWEGLICH

Es stehen unbeweglich
Die Sterne in der Höh'
Viel tausend Jahr' und schauen
Sich an mit Liebesweh.

Sie sprechen eine Sprache,
Die ist so reich, so schön;
Doch keiner der Philologen
Kann diese Sprache verstehn.

Ich aber hab sie gelernet,
Und ich vergesse sie nicht;
Mir diente als Grammatik
Der Herzallerliebsten Gesicht.

Ⅲ. 헤매는 내 마음

어여쁜 어부아가씨

어여쁜 어부아가씨
그 배를 기슭에 대고
어서 내 곁에 와서 앉아
우리 손에 손을 잡아요.

내 가슴에 그대 머리를 기대어요
조금도 겁내지는 말아요.
나날을 저 거친 바다에서 살아온
그대는 겁없는 자신만만한 아가씨.

내 가슴도 저 바다처럼
폭풍이 일고 밀물 썰물이 있지만
내 마음 깊은 바다 속에는
아름다운 진주가 그득히 있어요.

DU SCHÖNES FISCHERMÄDCHEN

Du schönes Fischermädchen,
Treibe den Kahn ans Land;
Komm zu mir und setze dich nieder,
Wir kosen Hand in Hand.

Leg an mein Herz dein Köpfchen
Und fürchte dich nicht zu sehr;
Vertraust du dich doch sorglos
Täglich dem wilden Meer.

Mein Herz gleicht ganz dem Meere,
Hat Sturm und Ebb' und Flut,
Und manche schöne Perle
In seiner Tiefe ruht.

하얀 나무 아래 앉아서

하얀 나무 아래 앉아서
듣는 먼 데서 우짖는 바람 소리,
하늘의 조용한 구름떼
안개막 속에 휩싸이는 것을 지켜본다네.

보라, 인적(人跡) 끊긴 대지를
숲과 들녘마저 황량(荒涼)하구나.——
그대 언저리는 겨울로 둘러싸이고 그대도 한겨울,
그대 마음은 얼어붙었네.

갑작스레 흰 눈송이
그대 머리 위에 날리고
그대 마지못해 생각한다네
나무가 눈보라를 그대에게 흩뿌렸노라고.

그러나 그것이 눈보라가 아님을
그대는 기뻐 놀라며 금새 깨닫게 되지.
그대 놀리며 그대를 휘덮어 씌운 것은
봄날의 향기로운 꽃잎인 것을.

참으로 놀랍게도 기쁜 유혹이구나!
겨울은 5월로 돌연 변하고
눈은 꽃잎으로 나부끼니
그대 가슴엔 사랑이 다시 살아난다네.

UNTERM WEIßEN BAUME SITZEND

Unterm weißen Baume sitzend
Hörst du fern die Winde schrillen,
Siehst wie oben stumme Wolken
Sich in Nebeldecken hüllen;

Siehst, wie unten ausgestorben
Wald und Flur, wie kahl geschoren;——
Um dich Winter, in dir Winter,
Und dein Herz ist eingefroren.

Plötzlich fallen auf dich nieder
Weiße Flocken, und verdrossen
Meinst du schon mit Schneegestöber
Hab' der Baum dich übergossen.

Doch es ist kein Schneegestöber,
Merkst es bald mit freud'gem Schrecken;
Duft'ge Frühlingsblüthen sind es,
Die dich necken und bedecken.

Welch ein schauersüßer Zauber!
Winter wandelt sich in Maye,
Schnee verwandelt sich in Blüthen,
Und dein Herz es liebt aufs Neue.

헤매는 내 마음

나는 이곳 저곳을 헤매고 있네!
얼마큼 시간이 흐르면 나는 곧 그대를 만나게 될 것을,
그대를, 아름다운 여인 중에서도 가장 빼어난 그대를,——
진실한 당신, 그대 가슴은 왜 이다지도 고동(鼓動)치고 있는가!

허지만 시간은 얄미운 느릿광이!
늑장부리며 기분 좋게 질질 끌려가듯이,
내 가는 길을 하품하며 살금살금 기어가네,——
서둘러라, 이 볼품없는 느릿광이야!

나는 미쳐버릴 것만 같은 다급함에 몸을 떠누나!
계절의 여신(女神)들은 결코 사랑한 적이 없었던가,——
매정하게도 내밀(內密)히 결탁(結託)한
여신(女神)들은 사랑하는 이들의 조급함을 짓궂게 비웃네.

ES TREIBT MICH HIN, ES TREIBT MICH HER

Es treibt mich hin, es treibt mich her!
Noch wenige Stunden, dann soll ich sie schauen,
Sie selber, die Schönste der schönen Jungfrauen;——
Du treues Herz, was pochst du so schwer!

Die Stunden sind aber ein faules Volk!
Schleppen sich behaglich träge,
Schleichen gähnend ihre Wege;——
Tummle dich, du faules Volk!

Tobende Eile mich treibend erfaß't!
Aber wohl niemals liebten die Horen;——
Heimlich im grausamen Bunde verschworen,
Spotten sie tückisch der Liebenden Hast.

황 혼(黃昏)

나는 우수(憂愁)에 젖어
어스름한 해변에 홀로 앉아 있었지.
태양은 붉은 햇살을 물 위에 던지며 차츰 기울고,
멀리서 흰 파도
커다란 물결에 밀려
거품을 일으키고 출렁대며 다가왔지——
괴상한 소음, 속살거리며 지저귀는 소리,
웃음 소리, 살랑대는 소리, 탄식의 소리와 울부짖는 소리,
그 사이에 자장가처럼 은은한 노래 소리 들렸네——
나는 흡사 잊어버린 옛 전설이거나
까마득한 옛날의 아름다운 이야기를 듣는 것 같았지.
내 어린, 저 아득한 시절에
동리(洞里) 아이들에게서 들은 동화(童話),
우리는 여름날 밤이면
대문간 돌계단에 쪼그리고 앉아서
나직한 이야기를
자그마한 가슴에 담으며
호기심으로 눈빛 반짝였던 어린 그 시절.——
향기로운 화분 옆
저 맞은 쪽 창가에 앉아 있던
숙성한 소녀들,
장미처럼 붉은 낯은
달빛에 젖어 미소짓고 있었다네.

ABENDDÄMMERUNG

Am blassen Meeresstrande
Saß ich gedankenbekümmert und einsam.
Die Sonne neigte sich tiefer, und warf
Glührothe Streifen auf das Wasser,
Und die weißen, weiten Wellen,
Von der Fluth gedrängt,
Schäumten und rauschten näher und näher——
Ein seltsam Geräusch, ein Flüstern und Pfeifen,
Ein Lachen und Murmeln, Seufzen und Sausen,
Dazwischen ein wiegenliedheimliches Singen——
Mir war als hört' ich verscholl'ne Sagen,
Uralte, liebliche Mährchen,
Die ich einst, als Knabe,
Von Nachbarskindern vernahm,
Wenn wir am Sommerabend,
Auf den Treppensteinen der Hausthür,
Zum stillen Erzählen niederkauerten,
Mit kleinen, horchenden Herzen
Und neugierklugen Augen;——
Während die großen Mädchen,
Neben duftenden Blumentöpfen,
Gegenüber am Fenster saßen,
Rosengesichter,
Lächelnd und mondbeglänzt.

의구심(疑懼心)

젊은이 한 사람이
바닷가에, 쓸쓸한 바닷가에 서 있었지,
근심어린 마음에 머리는 어지러운 생각에 차
침통한 소리로 파도에게 물어 본다네.

「오 나에게 인생의 수수께끼를 풀어 다오,
고통스런 옛날부터의 수수께끼를.
벌써 많은 이들이 그것을 곰곰이 생각했었지.
상형문자(象形文字) 새긴 승모(僧帽)를 쓴 사람들,
터번과 검은 각모(角帽)를 쓴 사람들,
가발(假髮)을 드리운 사람들 그리고 또 수많은
땀투성이의 처량한 이들의 머리들이——
인간의 참뜻이 무엇인지 말해 주겠니?
사람은 어디서 왔는지? 어디로 가는 것인지?
머리 위에 반짝이는 금빛나는 별엔 누가 살고 있는지?」

바람이 불어 구름은 쫓겨가고,
파도는 영원토록 끊임없이 쑤근대고,
별들은 아랑곳없이 싸늘하게 반짝이건만
그러나 못난이는 대답만을 기다리고 있구나.

FRAGEN

Am Meer, am wüsten, nächtlichen Meer,
Steht ein Jüngling-Mann,
Die Brust voll Wehmuth, das Haupt voll Zweifel,
Und mit düstern Lippen fragt er die Wogen:

"O lös't mir das Räthsel des Lebens,
Das qualvoll uralte Räthsel,
Worüber schon manche Häupter gegrübelt,
Häupter in Hieroglyphenmützen,
Häupter in Turban und schwarzem Barett,
Perückenhäupter und tausend andre
Arme, schwitzende Menschenhäupter——
Sagt mir, was bedeutet der Mensch?
Woher ist er kommen? Wo geht er hin?
Wer wohnt dort oben auf goldenen Sternen?"

Es murmeln die Wogen ihr ew'ges Gemurmel,
Es wehet der Wind, es fliehen die Wolken,
Es blinken die Sterne, gleichgültig und kalt,
Und ein Narr wartet auf Antwort.

그대만이 아는 것

내 마음의 깊은 상처를
작고 고운 꽃들이 안다면
내 아픔 달래주기 위하여
나와 함께 눈물 흘려 주겠지.

내 절절한 슬픔을
꾀꼬리가 안다면
상쾌한 노래 소리로
기분 좋게 울려퍼지게 하겠지.

하늘에서 반짝이는 별들이
내 괴로움을 안다면
그 높은 곳에서 내려와
위로의 말 속삭여 주겠지.

아무도 내 괴로움 모르지만,
아는 이는 다만 그대뿐.
그대가 손수 내 가슴을 찢어 놓았기에
내 가슴을 갈기갈기 찢어 놓았기에.

UND WÜßTEN'S DIE BLUMEN, DIE KLEINEN

Und wüßten's die Blumen, die kleinen,
Wie tief verwundet mein Herz,
Sie würden mit mir weinen,
Zu heilen meinen Schmerz.

Und wüßen's die Nachtigallen,
Wie ich so traurig und krank,
Sie ließen fröhlich erschallen
Erquickenden Gesang.

Und wüßten sie mein Wehe,
Die goldnen Sternelein,
Sie kämen aus ihrer Höhe
Und sprächen Trost mir ein.

Die alle können's nicht wissen,
Nur Eine kennt meinen Schmerz:
Sie hat ja selbst zerrissen,
Zerrissen mir das Herz.

순화(純化)의 노래

미치광이 같은 꿈이여
너의 심연(深淵)에나 있어라.
한때 너는 그다지도 여러날 밤을
거짓 행복으로 내 마음을 괴롭혔구나.
허나 지금은 바다의 유령(幽靈)이 되어
밝은 한낮에도 나를 위협하고 있으니——
영원토록 저 밑창에만 있어 다오.
그리하면 나는 너에게 내던져주지
나의 온갖 고통과 죄업(罪業)을,
그다지도 오랜 나날 내 머리 언저리에서
딸랑대던 방울모자도,
그리고 이 싸늘하게 번뜩이는
그리도 오랜 나날 내 영혼을 감싸던
위선(僞善)의 껍데기도.
병든 영혼아,
신(神)을 부정하며, 천사(天使)를 거부하는
불행한 영혼아——
허허! 허허! 바람이 불어온다!
돛을 올려라! 돛은 바람을 휘감고 소리친다!
겁나는 위험한 물 위로
배는 달린다.
그리고 해방된 영혼이 환호성을 지른다.

REINIGÜNG

Bleib' du in deiner Meerestiefe,
Wahnsinniger Traum,
Der du einst so manche Nacht
Mein Herz mit falschem Glück gequält hast,
Und jetzt, als See-Gespenst,
Sogar am hellen Tag' mich bedrohest——
Bleib' du dort unten, in Ewigkeit,
Und ich werfe noch zu dir hinab
All meine Schmerzen und Sünden,
Und die Schellenkappe der Thorheit,
Die so lange mein Haupt umklingelt,
Und die kalte, gleißende Schlangenhaut
Der Heuchelei,
Die mir so lang' die Seele umwunden,
Die kranke Seele,
Die gottverleugnende, engelverleugnende,
Unselige Seele——
Hoiho! hoiho! Da kommt der Wind!
Die Seegel auf! Sie Flattern und schwell'n!
Ueber die stillverderbliche Fläche
Eilet das Schiff,
Und es jauchzt die befreite Seele.

죽음이란 싸늘한 밤이라네

죽음이란 싸늘한 밤이라네,
삶은 무더운 한낮이지.
한낮은 나를 괴롭히더니
어느덧 어둠이 와 나는 잠든다네.

나의 잠든 무덤을 가리는 나무,
어린 꾀꼬리는 그 나뭇잎 속에서 노래하누나.
나 또한 죽음의 꿈 속에서 듣는다네
아름답고 순결한 사랑의 그대 노래를.

DER TOD, DAS IST DIE KÜHLE NACHT

Der Tod, das ist die kühle Nacht,
Das Leben ist der schwüle Tag.
Es dunkelt schon, mich schläfert,
Der Tag hat mich müd gemacht.

Über mein Bett erhebt sich ein Baum,
Drin singt die junge Nachtigall;
Sie singt von lauter Liebe,
Ich hör es sogar im Traum.

가냘픈 수련꽃 한 송이

가냘픈 수련꽃 한 송이
꿈꾸듯 연못에서 하늘을 우러러 보네.
그때 달은 내려다 보며 인사하지
밝은 사랑의 괴로움에 젖어.

수련꽃은 부끄러워
물 속으로 다시 머리 숙이네——
그때 수련꽃은 발 밑에
애처로운 창백한 소년을 보게 되네.

DIE SCHLANKE WASSERLILJE

Die schlanke Wasserlilje
Schaut träumend empor aus dem See;
Da grüßt der Mond herunter
Mit lichtem Liebesweh.

Verschämt senkt sie das Köpfchen
Wieder hinab zu den Well'n——
Da sieht sie zu ihren Füßen
Den armen blassen Gesell'n.

떠나라 베를린을…

떠나라 베를린을, 심한 모래와
멀쑥한 차(茶)와 약삭빠른 자들을,
그들은 신(神)과 세상 그리고 그들 자신의 의미를
이미 오래 전에 헤겔의 이성(理性)으로 납득했었지.

함께 가자, 인도(印度)로, 태양의 나라로,
암브라 꽃(신랑꽃) 향기 풍기고
경건하게 하얀 예복을 차려 입은
순례자들 갠지스 강을 향해 걸어가는 곳으로.

거기, 종려나뭇잎 나부끼며 강물이 번쩍이는 곳,
신성한 강가에는 연꽃들이 솟아 있네
인드라 신(神)의 영원한 푸른 성전을 향하여.

그 곳에서 나 당신 앞에 경건히 꿇어 엎드려
당신의 발에 입맞추고 당신에게 고(告)하리.
여신이여! 그대는 모든 여자 중에서 가장 아름다운 사람이라오!

VERLAß' BERLIN···

Verlaß' Berlin, mit seinem dicken Sande,
Und dünnen Thee, und überwitz'gen Leuten,
Die Gott und Welt, und was sie selbst bedeuten,
Begriffen längst mit Hegelschem Verstande.

Komm mit nach Indien, nach dem Sonnenlande,
Wo Ambrablüthen ihren Duft verbreiten,
Die Pilgerschaaren nach dem Ganges schreiten,
Andächtig und im weißen Festgewande.

Dort, wo die Palmen wehn, die Wellen blinken,
Am heil'gen Ufer Lotosblumen ragen
Empor zu Indras Burg, der ewig blauen;

Dort will ich gläubig vor dir niedersinken,
Und deine Füße drücken, und dir sagen:
Madame! Sie sind die schönste aller Frauen!

그대의 뺨에 내 뺨을 대요

그대의 뺨에 내 뺨을 대요
그러면 눈물이 함께 흐르겠지요.
그대의 가슴을 내 가슴에 대요
그러면 불길이 함께 타오를 거야!

우리의 눈물이 강물되어
타오르는 불길로 흘러가면
내 팔로 그대 힘껏 껴안고
나는 애타는 사랑에 불타 죽고말 거야!

LEHN DEINE WANG' AN MEINE WANG'

Lehn deine Wang' an meine Wang',
Dann fließen die Tränen zusammen;
Und an mein Herz drück fest dein Herz,
Dann schlagen zusammen die Flammen!

Und wenn in die große Flamme fließt
Der Strom von unsern Tränen,
Und wenn dich mein Arm gewaltig umsch——
ließt Sterb ich vor Liebessehnen!

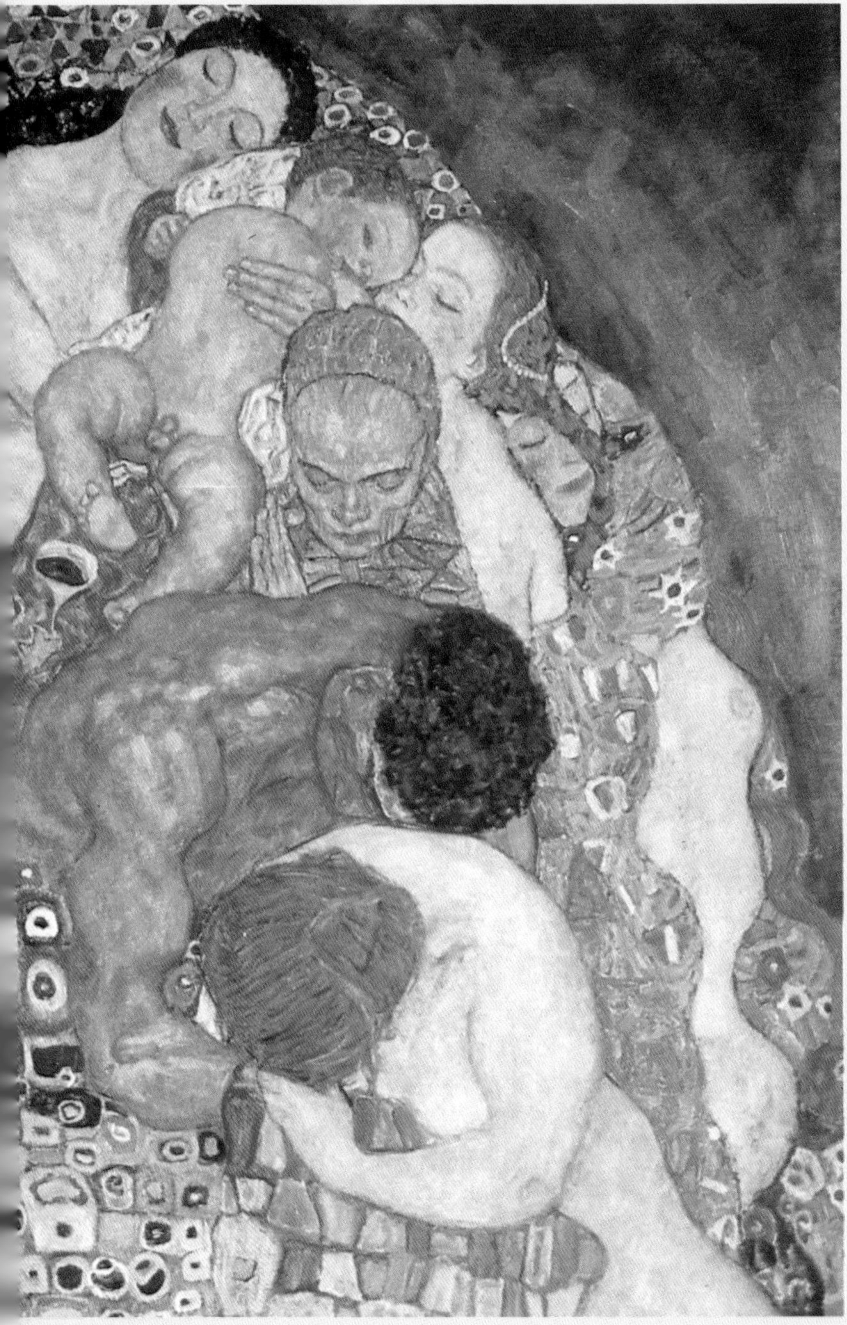

흘러내리는 내 눈물에

흘러내리는 내 눈물에
온갖 꽃들은 피어나고
한숨짓는 나의 탄식은
꾀꼬리 합창되어 울리네.

당신이 나를 사랑한다면
이 꽃을 모두 당신에게 바치옵고
더더욱 당신의 창(窓)가에
꾀꼬리 노래 울려나게 하겠네.

AUS MEINEN TRÄNEN SPRIEßEN

Aus meinen Tränen sprießen
Viel blühende Blumen hervor,
Und meine Seufzer werden
Ein Nachtigallenchor.

Und wenn du mich liebhast, Kindchen,
Schenk ich dir die Blumen all,
Und vor deinem Fenster soll klingen
Das Lied der Nachtigall.

고　백(告白)

황혼이 깃들며 저녁의 어둠이 밀려오니
파도가 점점 더 사납게 소리치네
나는 바닷가에 홀로 앉아
물결의 하얀 춤을 바라보았지,
그러자 내 가슴 바다처럼 부풀어
당신을 그리는 깊은 슬픔이
내 마음 사로잡았네 사랑하는 그대,
그대 모습 어디서나 내 주위를 맴돌며
어디서고 나를 부르네
어느 곳, 어디서나,
바람 소리 속에서거나 바다 소리 속에서거나
이 내 가슴의 탄식(嘆息)하는 소리 속에서거나.

나는 가벼운 갈대로 모래 위에 썼다네.
「아그네스, 나 그대를 사랑해!」
하지만 심술궂은 파도는
이 달콤한 고백(告白) 위로 덮쳐와
흔적도 없이 그 말 지워버렸네.

연약(軟弱)한 갈대, 뿔뿔이 흩어지는 모래,
스러져가는 파도, 이제 나는 이들을 믿지 않으리라!
하늘은 점점 어두워지고 내 마음 더욱 사나워지니
나는 단단한 손으로 노르웨이 숲에서
가장 큰 전나무를 잡아뽑아,
에트나 화산(火山)의
불타오르는 분화구(噴火口)에 집어넣어
불붙은 거대한 붓이 되면
캄캄한 하늘에다 써 놓으리라.
「아그네스, 나 그대를 사랑해!」

그러면 밤마다 그 높은 곳에선
불로 쓴 그 말 영원히 타올라
후대(後代) 사람들 모두가
하늘의 그 말 환호(歡呼)하며 읽으리라.
「아그네스, 나 그대를 사랑해!」

ERKLÄRUNG

Herangedämmert kam der Abend,
Wilder tos'te die Fluth,
Und ich saß am Strand, und schaute zu
Dem weißen Tanz der Wellen,
Und meine Brust schwoll auf wie das Meer,
Und sehnend ergriff mich ein tiefes Heimweh
Nach dir, du holdes Bild,
Das überall mich umschwebt,
Und überall mich ruft,
Ueberall, überall,
Im Sausen des Windes, im Brausen des Meers,
Und im Seufzen der eigenen Brust.

Mit leichtem Rohr schrieb ich in den Sand:
"Agnes, ich liebe Dich!"
Doch böse Wellen ergossen sich
Ueber das süße Bekenntniß,
Und löschten es aus.

Zerbrechliches Rohr, zerstiebender Sand,
Zerfließende Wellen, Euch trau' ich nicht mehr!
Der Himmel wird dunkler, mein Herz wird wilder,
Und mit starker Hand, aus Norwegs Wäldern,
Reiß ich die höchste Tanne,
Und tauche sie ein
In des Aetnas glühenden Schlund, und mit solcher
Feuergetränkten Riesenfeder
Schreib' ich an die dunkle Himmelsdecke:
"Agnes, ich liebe Dich!"

Jedwede Nacht lodert alsdann
Dort oben die ewige Flammenschrift,
Und alle nachwachsende Enkelgeschlechter
Lesen jauchzend die Himmelsworte:
"Agnes, ich liebe Dich!"

Ⅳ. 그대, 내 사랑의 별이여

안젤리크 1

신(神)이 자비로이 고개를 끄덕이는 지금
벙어리처럼 나는 잠자코 있어야 하는가!
불행(不幸)했던 날의 나
그토록 나의 슬픔 노래했는데,

수많은 불쌍한 젊은이들
나를 따라 절망의 노래 불렀었지
내가 노래한 슬픔은
더욱 큰 불행(不幸)을 저질렀구나!

오, 너희들 꾀꼬리의 합창(合唱)이여
내가 마음 속에 품고 있으니
그대들 기쁨이 들리도록
더 소리 높여 환호(歡呼)해 다오!

* 안젤리크 *(ANGELIQUE)*:「천사 같은 여인 *(die Engelhafte)*」이라는 뜻을 담은 프랑스식 이름—안젤리카 *(Angelika)*—으로 어원은 희랍어에서 유래함.

ANGELIQUE I

Nun der Gott mir günstig nicket
Soll ich schweigen wie ein Stummer,
Ich, der, als ich unbeglücket,
So viel sang von meinem Kummer,

Daß mir tausend arme Jungen
Gar verzweifelt nachgedichtet,
Und das Leid, das ich besungen,
Noch viel Schlimmres angerichtet!

O, Ihr Nachtigallenchöre,
Die ich trage in der Seele,
Daß man Eure Wonne höre,
Jubelt auf mit voller Kehle!

안젤리크 2

그다지도 빠르게 스쳐가면서
그대 다시금 뒤돌아보았지.
그대 입은 묻고 싶은 듯 당돌하게 열렸고
그 눈길엔 사나운 오만(傲慢)이 가득했었네.

오, 나는 결코 잡으려 하지 않았지
스쳐가는 하얀 옷자락을!
사랑스러운 자그마한 발자국,
오, 나는 그 발자국을 다시는 보지 않았네!

어느덧 그대의 오만은 자취없고
그대도 다른 여인처럼 곱고 상냥하니
숨막힐 듯 따사롭고 다정하여라,
아, 그대가 이제 나를 사랑한다니!

ANGELIQUE II

Wie rasch du auch vorüberschrittest
Noch einmal schautest du zurück,
Der Mund, wie fragend, kühngeöffnet,
Stürmischer Hochmuth in dem Blick.

O, daß ich nie zu fassen suchte
Das weiße flüchtige Gewand!
Die holde Spur der kleinen Füße,
O, daß ich nie sie wiederfand!

Verschwunden ist ja deine Wildheit,
Bist wie die Andern zahm und klar,
Und sanft und unerträglich gütig,
Und ach! nun liebst du mich sogar!

안젤리크 3

나는 결코 믿지 않아요, 어여쁜 아가씨여,
냉정한 입으로 하는 말은.
그다지도 크고 검은 눈은
지조(志操) 있는 여인의 눈이 아니라오.

이 갈색 줄무늬가 된 거짓말은
벗어 던져요, 나는 그대를 사랑하오.
그대 눈(雪)빛 같은 마음에다 나 입맞추게 해 주오——
하얀 눈빛 같은 마음이여, 내 말을 알아듣나요?

ANGELIQUE III

Nimmer glaub ich, junge Schöne,
Was die spröde Lippe spricht;
Solche große schwarze Augen,
Solche hat die Tugend nicht.

Diese braungestreifte Lüge,
Streif sie ab : ich liebe dich.
Laß dein weißes Herz mich küssen——
Weißes Herz, verstehst du mich?

* 갈색 줄무늬가 된 거짓말(*braungestreifte Lüge*) : 하이네가 이탈리아 여행 중에 만난 고결한 트리엔트(*eine Trienterin*) 여인의 갈색 줄무늬의 옷차림을 떠올리며 쓴 것으로 보임.

안젤리크 4

나는 그녀의 눈을 감기게 하고
그녀의 입술에 입맞추네,
이 후로 그녀는 나를 가만두지 않고
내게 그 까닭을 묻네.

늦은 밤부터 이른 아침까지
그녀는 끊임없이 묻네.
그대 내 입술에 입맞출 때
어찌하여 내 눈을 감기게 하나요?

왜 그러는지 나는 그녀에게 말하지 못하네
나 또한 그 까닭을 모르기에——
나는 그녀의 눈을 감기게 하고
그녀의 입술에 입맞추네.

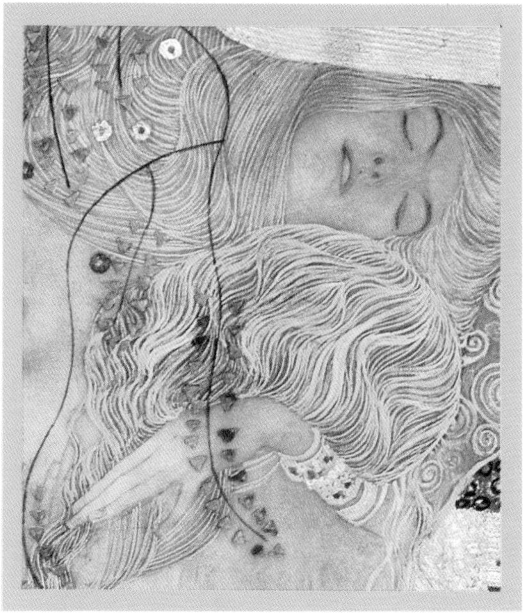

ANGELIQUE IV

Ich halte ihr die Augen zu
Und küss' sie auf den Mund;
Nun läßt sie mich nicht mehr in Ruh,
Sie fragt mich um den Grund.

Von Abend spät bis Morgens fruh,
Sie fragt zu jeder Stund:
Was hältst du mir die Augen zu
Wenn du mir küßt den Mund?

Ich sag' ihr nicht weßhalb ich's thu',
Weiß selber nicht den Grund——
Ich halte ihr die Augen zu
Und küss' sie auf den Mund.

안젤리크 5

나는 빌겠어, 독일과 나를 건드리지 말 것을!
그대 나를 괴롭히지 말아 줘
고향이다, 가족이다, 생활 따위 캐묻는 것을——
나는 그것을 견딜 수가 없네——거기에는 다 까닭이 있지.

떡갈나뭇잎은 초록색, 독일 여자들의
눈은 푸른색, 그들은 조심스러이 고뇌하고
사랑과 희망과 믿음을 탄식하네——
거기에는 다 까닭이 있지——나는 그것을 견딜 수가 없네.

달콤한 입맞춤에 도취(陶醉)하여
그대 품에 행복하게 안길 때
그대는 내게 독일(獨逸) 이야기를 해서는 안되지——
나는 그것을 견딜 수가 없네——거기에는 다 까닭이 있지.

ANGELIQUE V

Wenn ich, beseligt von schönen küssen,
In deinen Armen mich wohlbefinde,
Dann mußt du mir nie von Deutschland reden;——
Ich kanns nicht vertragen——es hat seine Gründe.

Ich bitte dich, laß mit Deutschland in Frienden!
Du mußt mich nicht plagen mit ewigen Fragen
Nach Heimath, Sippschaft und Lebens verhältniß;——
Es hat seine Gründe——ich kanns nicht vertragen.

Die Eichen sind grün, und blau sind die Augen
Der deutschen Frauen; sie schmachten gelinde
Und seufzen von Liebe, Hoffnung und Glauben;——
Ich kanns nicht vertragen——es hat seine Gründe.

세라피네 1

나 저녁 숲 속을 거닐면
꿈 같은 숲 속
줄곧 내 곁을 따라다니는
상냥한 그대의 모습.

그것은 그대의 하얀 면사포가 아닌가?
그대의 사랑스러운 얼굴이 아닌가?
아니라면 그것은 단지 달빛일 따름
어두운 전나무 숲 속을 꿰뚫고 비쳐든?

나 스스로 흘리는 눈물이란 말인가
알 듯 모를 듯이 흘러나는 소리가 들리는 것은?
아니라면 그대여, 그대는 참으로
눈물 흘리며 내 곁을 따라 걷고 있는 것인가?

SERAPHINE I

Wandl' ich in dem Wald des Abends,
In dem träumerischen Wald,
Immer wandelt mir zur Seite
Deine zärtliche Gestalt.

Ist es nicht dein weißer Schleyer?
Nicht dein sanftes Angesicht?

Oder ist es nur der Mondschein,
Der durch Tannendunkel bricht?

Sind es meine eignen Thränen,
Die ich leise rinnen hör'?
Oder gehst du, Liebste, wirklich
Weinend neben mir einher?

*세라피네(*SERAPHINE*) : 성서에 나오는 세라핌(*Seraphim*——여섯 날개를 단 천사들)이라는 말과 합성어를 이룬 것으로 짐작되는 세라피아(*Seraphia*——히브리어로 「불꽃 같은 여자」)에서 비롯된 이름으로 보인다. 그리스신화 이후의 전설에 따르면 〈세라피네〉는 희대의 관능을 지닌 여인의 상징이었다고 전한다.

세라피네 2

고요한 바닷가에
밤이 밀려오니
달은 구름 사이로 얼굴을 내밀고
파도가 속삭이는 소리 들리네.

저기 저 남자는 바보인가
아니면 사랑에 빠져 있는 것인가,
그는 슬퍼 보이기도 하고 즐거워 보이기도 하네
즐거우면서도 슬퍼하고 있단 말인가?

하지만 달은 땅을 향해 미소 띄우며
낭랑한 목소리로 말하는구나
저 남자는 사랑에 빠진 바보에다
그는 또한 시인이기도 하지.

SERAPHINE II

An dem stillen Meeresstrande
Ist die Nacht heraufgezogen,
Und der Mond bricht aus den Wolken,
Und es flüstert aus den Wogen:

Jener Mensch dort, ist er närrisch,
Oder ist er gar verliebet,
Denn er schaut so trüb und heiter,
Heiter und zugleich betrübet?

Doch der Mond der lacht herunter,
Und mit heller Stimme spricht er:
Jener ist verliebt und närrisch,
Und noch obendrein ein Dichter.

세라피네 3

하얀 갈매기 한 마리
저켠에서 나래짓하며
암흑의 파도 위로 날아가고 있구나
달은 하늘 높이 떠 있는데.

상어와 날치는
바다에서 날쌔게 튀어 달아나고
갈매기는 거듭하여 오르내리고 있구나.
달은 하늘 높이 떠 있는데.

오, 사랑이여, 덧없는 영혼이여,
그대가 불안과 슬픔에 떨고 있다니 !
파도는 그대에게 너무 가까이 있구나
달은 하늘 높이 떠 있는데.

SERAPHINE III

Das ist eine weiße Möve,
Die ich dort flattern seh'
Wohl über die dunklen Fluthen;
Der Mond steht hoch in der Höh'.

Der Haifisch und der Roche,
Die schnappen hervor aus der See,
Es hebt sich, es senkt sich die Möve;
Der Mond steht hoch in der Höh'.

O, liebe, flüchtige Seele,
Dir ist so bang und weh!
Zu nah ist dir das Wasser,
Der Mond steht hoch in der Höh'.

세라피네 4

그대가 나를 사랑하고 있음을 알고 있어요,
나는 오래 전부터 그 점을 알고 있었어요.
그런데도 당신이 내게 사랑을 고백했을 땐
나는 몹시 놀랐어요.

나는 산에 올라
소리치며 노래했어요
나는 바닷가로 내려가
지는 해를 바라보며 울기도 했어요.

내 마음은 태양같이
뜨겁게 타오르고
사랑의 바다 속으로
거룩하고 눈부시게 가라앉아요.

SERAPHINE IV

Daß du mich liebst, das wußt' ich,
Ich hatt' es längst entdeckt;
Doch als du mir's gestanden
Hat es mich tief erschreckt.

Ich stieg wohl auf die Berge
Und jubelte und sang;
Ich ging an's Meer und weinte
Bey'm Sonnenuntergang.

Mein Herz ist wie die Sonne
So flammend anzusehn,
Und in ein Meer von Liebe
Versinkt es groß und schön.

세라피네 5

갈매기 한 마리 호기심에 차
우리들 쪽을 바라보네
내가 그대의 입술에다
나의 귀를 바짝 대었기 때문인가 !

갈매기는 기꺼이 알고 싶어 하네.
그대의 입에서 흘러나오는 말이 무언가를
그대가 내 귀에다 키스를 했는지
아니면 내게 빼곡히 말만 했는지를 ?

내 영혼 속에 스며든 것을
나 자신 오죽이나 알 수만 있다면 !
말과 키스는
신비롭게 뒤섞여 한데 있네.

SERAPHINE V

Wie neubegierig die Möve
Nach uns herüberblickt,
Weil ich an deine Lippen
So fest mein Ohr gedrückt!

Sie möchte gerne wissen
Was deinem Mund entquillt,
Ob du mein Ohr mit Küssen
Oder mit Worten gefüllt?

Wenn ich nur selber wüßte
Was mir in die Seele zischt!
Die Worte und die Küsse
Sind wunderbar vermischt.

카타리나 1

아름다운 별 하나 나의 밤중에 떠오르네
달콤한 위로의 미소 내편에 띄우고
내게 새로운 생명을 기약(期約)하는 별이여——
오, 거짓말일랑은 말아 다오!

바다가 달을 향해 팽만(膨滿)하듯이
내 영혼도 넘쳐흐르네 기쁨과 격정으로
그대 사랑스러운 빛을 향하여——
오, 거짓말일랑은 말아 다오!

KATHARINA I

Ein schöner Stern geht auf in meiner Nacht,
Ein Stern, der süßen Trost herniederlacht
Und neues Leben mir verspricht——
O, lüge nicht!

Gleichwie das Meer dem Mond entgegenschwillt,
So fluthet meine Seele, froh und wild,
Empor zu deinem holden Licht——
O, lüge nicht!

* 카타리나(*KATHARINA*) : 여자 이름. 〈카타리나〉의 연작 시편에는 하이네가 결혼한 부인 미라트(*C. E. Mirat*)에 대한 사랑(I)과 첫 애인(아말리에)에 대한 해후(II), 그리고 중세기 전설에 나오는 마법사이자 예언자인 메를랭(*Merlin*)과 아름다운 여인간에 나눈 사랑(III) 등을 소재로 하여 쓴 내용들이 담겨 있다.

카타리나 2

「그 여자에게 소개되고자 원치 않나요?」
공작부인이 내게 속삭였네.——
「그만두지요, 나는 영걸(英傑)이 아니라서요,
그녀의 모습만 보아도 정신을 차릴 수가 없지만요.」

아름다운 그 여자가 나를 떨게 하는구나!
그녀 곁에 있으면
새로운 삶이 시작되는 것 같아
즐거움도 새롭고 슬픔도 새로워라.

두려움은 나를 그 여자로부터 떼어놓고,
그리움이 나를 그 여자에게로 몰고 가는구나!
내 운명의 광포(狂暴)한 별들처럼
이 눈(眼)들이 나를 향해 나타나네.

이마는 맑고 깨끗하나 그 뒤에는
벌써 미래의 섬광(閃光)이 섬뜩이네,
내 영혼의 가장 깊은 곳까지
내 마음 흔들어 놓을 미래의 폭풍우가.

입은 믿음에 차 있으나 깜짝 놀란
나는 이미 보고 있다네 장미꽃 틈에서
거짓된 입맞춤과 달콤한 비웃음으로
언젠가는 나를 해칠 뱀들을.

그리움이 넘치누나.──나는 더 가까이 다가가네
그리운, 불행을 잉태한 그 곳으로──
벌써 나는 그 여자의 목소리를 듣고 있거니──
그 여자의 말은 소리가 요란한 불꽃이구나.──

그 여자가 물었네.「선생님, 이름이 뭐래요,
지금 노래 부른 여가수 말이에요?」
떠듬는 말로 나는 여인에게 대답했다네.
「노래는 전혀 듣지 못했는데요.」

KATHARINA II

"Wollen Sie ihr nicht vorgestellt seyn?"
Flüsterte mir die Herzoginn.——
"Bey Leibe nicht, ich müßt' ein Held seyn,
Ihr Anblick schon wirrt mir den Sinn."

Das schöne Weib macht mich erbeben!
Es ahnet mir, in ihrer Näh'
Beginnt für mich ein neues Leben,
Mit neuer Lust, mit neuem Weh.

Es hält wie Angst mich von ihr ferne,
Es treibt mich Sehnsucht hin zu ihr!
Wie meines Schicksals wilde Sterne
Erscheinen diese Augen mir.

Die Stirn ist klar. Doch es gewittert
Dahinter schon der künft'ge Blitz,
Der künft'ge Sturm, der mich erschüttert
Bis in der Seele tiefsten Sitz.

Der Mund ist fromm. Doch mit Entsetzen
Unter den Rosen seh' ich schon
Die Schlangen, die mich einst verletzen
Mit falschem Kuß, mit süßem Hohn.

Die Sehnsucht treibt.—— Ich muß mich näh'ren
Dem holden, unheilschwangern Ort——
Schon kann ich ihre Stimme hören——
Klingende Flamme ist ihr Wort.——

Sie fragt: "Monsieur, wie ist der Name
Der Sängerinn, die eben sang?"
Stotternd antworte ich der Dame:
"Hab' nichts gehört von dem Gesang."

카타리나 3

오만한 현자(賢者), 메를랭같은
측은한 강신술자(降神術者)인 나는
끝내 나 자신의 마술(魔術)에
꼼짝없이 갇히게 되었구나.

꼼짝없이 그녀의 발치에
누운 채 나는 지금 줄곧
그녀의 두 눈 속만 들여다보네,
그런데도 시간은, 시간은 흘러만 가는구나.

몇 시간, 몇 날, 몇 주일인지 온통
시간은 꿈같이 흘러가네,
내가 하는 말도 나는 모르고
당신이 하는 말도 알지 못하겠구나.

이따금 당신의 입술은
내 입술을 건드리는 것 같아——
그러면 나는 저 영혼의 밑바닥까지
불타 오르는 불길을 느낄 수 있네.

KATHARINA III

Wie Merlin, der eitle Weise,
Bin ich armer Nekromant
Nun am Ende festgebannt
In die eignen Zauberkreise.

Festgebannt zu ihren Füßen
Lieg' ich nun, und immerdar
Schau' ich in ihr Augenpaar;
Und die Stunden, sie verfließen.

Stunden, Tage, ganze Wochen,
Sie verfließen wie ein Traum,
Was ich rede weiß ich kaum,
Weiß auch nicht was Sie gesprochen.

Manchmal ist mir, als berühren
Ihre Lippen meinen Mund——
Bis in meiner Seele Grund
Kann ich dann die Flammen spüren.

카타리나 4

그대는 기꺼이 내 팔에 안기는구나
그대는 기꺼이 내 가슴에 안기는구나!
나는 그대의 온 하늘
그대는 나의 사랑하는 별이지.

우리들 아래 머나먼 곳에서
어리석은 인간들이 들끓고 있네.
그들은 외치고 분노하며 비난하네,
그런데 모두가 옳다고 하네.

그들은 방울달린 모자를 딸랑이면서
까닭없이 싸우며,
방망이로 서로간의 머리를 때려
상처를 입히네.

우리 둘은 참으로 다행이구나
그들로부터 멀리 떨어져 있으니——
그대는 그대의 하늘에 머리를
숨기는구나, 나의 사랑하는 별이여!

KATHARINA IV

Du liegst mir so gern im Arme,
Du liegst mir am Herzen so gern!
Ich bin dein ganzer Himmel,
Du bist mein liebster Stern.

Tief unter uns da wimmelt
Das närrische Menschengeschlecht;
Sie schreyen und wüthen und schelten,
Und haben alle Recht.

Sie klingeln mit ihren Kappen
Und zanken ohne Grund,
Mit ihren Kolben schlagen
Sie sich die Köpfe wund.

Wie glücklich sind wir beide,
Daß wir von ihnen so fern——
Du birgst in deinem Himmel
Das Haupt, mein liebster Stern!

카타리나 5

나는 부드러운 영혼의 주머니와도 같은
순결한 육체를 사랑하네,
그 야성적인 큰 눈과 까만 머리카락이
물결치는 이마를!

그대는 내가 온 세상을 찾아헤맨
바로 그 사람.
나의 가치를 그대와 같은 여자만이
옳게 인정할 줄을 알았네.

그대는 그대가 필요로 하는 남자를
내게서 찾아냈으니 그대는 나를 한껏
기쁘게 하겠지 정념(情念)과 입맞춤으로,
그러고 나서 배신(背信)하겠지, 없었던 일처럼.

KATHARINA V

Ich liebe solche weiße Glieder,
Der zarten Seele schlanke Hülle,
Wildgroße Augen und die Stirne
Umwogt von schwarzer Lockenfülle!

Du bist so recht die rechte Sorte,
Die ich gesucht in allen Landen;
Auch meinen Werth hat Euresgleichen
So recht zu würdigen verstanden.

Du hast an mir den Mann gefunden
Wie du ihn brauchst. Du wirst mich reichlich
Beglücken mit Gefühl und Küssen,
Und dann verrathen, wie gebräuchlich.

사랑과 방랑과 저항의 시인

——하이네의 시세계(詩世界)——

홍 해 영
(시 인)

유태인 태생의 독일시인 하이네(Heinrich Heine, 1797~1856)의 시를 이해하기 위해서는 그의 젊은 날의 사랑의 편력을 살피는 것이 가장 중요하다. 왜냐하면 그의 시는 그의 청소년 시절의 사랑과 더불어 씌어지기 시작했기 때문이다.

우선 이 시집에 수록된 시편들에 대해서 밝혀 두는 것이 순서이겠다. 여기 번역해서 수록한 시편들은 그의 2권의 대표시집에서 가려 뽑은 중요한 작품들이다.

그 2권의 시집이란 그의 최초의 대표시집인 「노래의 책(Buch der Lieder)」(1827)과 「신시집(Neue Gedichte)」(1844)이다. 물론 하이네의 처녀시집은 「노래의 책」보다 5년 전인 1822년에 간행된 「시집(Gedichte)」이 있다는 것도 참고삼아 밝혀 둔다.

하이네의 본명은 해리(Harry Heine)이다. 그는 소년시절에 독일 함부르크의 갑부인 은행가 살로몽 하이네(Salomon Heine)의 저택에 가서 살게 된다. 살로몽은 시인 하이네의 친숙부이다.

소년 하이네는 가난한 옷감 장수 유태인을 부모로 뒤셀도르프에서 태어났으며, 이후 소년 하이네는 17세 때 부유한 숙부 밑에 가서 은행원이 되기 위해 함부르크로 가게 되는 곡절을 겪는다.

숙부 살로몽의 집에 살면서 하이네는 사촌 여동생 아말리에(Amalie Heine)와 뜨거운 사랑에 빠지게 된다. 사춘기의 소년 시인은 아말리에와의 사랑을 통해서 그의 낭만적 서정시를 쓰게 된 것이다.

하이네 소년은 숙부의 은행에 견습행원으로 들어가 일하지만 은행가로서의 재능이나 적성은 맞지 않았다. 이미 그의 타고난 시재와 낭만적 기질이 장차 한 큰 시인으로 발판을 이루고 있었던 것이다. 그러기에 사촌 여동생 아말리에와의 사랑은 날로 뜨거워만진다.

머지 않아 이 사랑은 실연으로 끝나게 된다. 열정적인 사랑 그리고 비탄에 젖은 실연의 가락들은 하이네로 하여금 그것을 시로 엮어내게 만든 것이다.

그의 아말리에에 대한 실연 이후 또 하나의 새로운 사랑이 싹트게 된다. 그 두번째 연인은 아말리에의 여동생인 테레제(Therese Heine)이다. 역시 테레제와의 사랑도 안타까우나 그에겐 실연으로 끝나 버리고 만다.

이러한 연정(戀情) 시대의 시작품들이 처음으로 엮어진 것이 1922년의 「시집(Gedichte)」이다. 물론 이 시집은 이렇다할 성공을 거두지는 못했다.

그 후 하이네를 일약 독일 시단의 낭만적 서정시인으로서 각광받게 만든 것이 시집 「노래의 책」이다. 그러나 이 시집은 하이네가 1817년부터 10년 동안 쓴 그의 젊은 날의 시편들을 다시금 손보아 엮어낸 것이다. 물론 이 시집의 시편들은 대부분이 그의 사랑의 노래로 이루어져 있다.

그는 아말리에와의 첫사랑이 실패한 뒤에 본(Bonn)대학으로 유학을 가게 된다. 실연의 충격은 너무도 컸고, 그것을 극복하는 방법으로 그는 변호사가 되기 위해 본대학으로 법률학 공부를 떠난 것이다. 물론 학비 등 하이네를 재정적으로 지원해 준 사람은 숙부 살로몽이다. 천성적으로 시의 재능을 타고난 그에게 은행원 수업이 어울리지 않았듯이 법률학 공부도 그에게는 걸맞지 않았다.

그러기에 하이네는 본대학에서 법률학 강의보다는 문학 강의를 더 경청했고, 1820년에는 괴팅겐대학으로 학적을 옮긴다. 그는 이 대학에서 예술과 문학 강의에 심취, 그의 시작(詩作)을 위한 문학적 소양이 널리 연마되기 시작한다.

바로 이 시기에 아말리에는 약혼자였던 대지주 프리들랜더(John Friedlander)와 결혼하게 된다. 정작 아말리에가 결혼을 하게 되자 다시금 시인 하이네에게는 충격이 컸고, 바로 그런 충격을 극복하는 방법의 하나가 시인의 아말리에에 대한 사랑 노래가 묶인 처녀시집 「시집(Gedichte)」(1822)의 간행이었다.

시집을 낸 이듬해인 1823년에 시인은 사랑으로 뜨겁게 정들었던 땅이요, 실연으로 비통하게 슬펐던 땅 함부르크로 다시금 조용히 돌아

왔다.

이 무렵 시인 하이네에게는 다시 새로운 사랑의 싹이 움튼다. 그것은 다름 아닌 아말리에의 여동생 테레제와의 사랑이다.

이제 4년 만에 다시 만나게 된 테레제는 지난날의 나이어린 소녀가 아니었다. 테레제는 16세의 어엿한 아가씨로 성숙해 있었다. 더구나 테레제는 아말리에와는 비교도 할 수 없을 만큼 더욱 어여쁜 아가씨로 변모되어 있었다.

미끈한 지적 청년시인과 파란 눈이 반짝이는 청초하고 아름다운 소녀는 금새 사랑이 불붙기 시작한다. 둘은 사랑하는 사이였으나 시인은 이듬해 다시 공부 때문에 괴팅겐 대학으로 유학의 길을 떠난다. 그러기에 사랑하는 테레제와는 서로가 오래도록 헤어져 있지 않으면 안 될 지경에 이르른 것이다.

시인은 공부한 보람이 있어서 청년 변호사가 되어 함부르크로 자랑스럽게 돌아온다. 1825년의 일이다.

오랫 동안 헤어졌던 사랑하는 테레제와의 재회는 두 사람을 사랑의 기쁨으로 부둥켜 안게 만든다. 이 재회를 통해 둘의 사랑은 날이 갈수록 불같이 거세게 달아오른다. 그러나 그것도 결코 오래 가지는 못하고 둘의 사랑은 실연으로 끝난다. 하이네의 실연의 충격은 다시 한 번 그를 비통한 슬픔 속에 휘몰아 넣고 만다.

사촌 여동생 자매와의 사랑과 실연은 하이네로 하여금 그의 출세 시집 「노래의 책(Buch der Lieder)」(1827)을 이 세상에 빛나게 해준다. 바로 이 시집에 담긴 시편들을 통해 독자 여러분은 하이네의 시와 사랑의 세계를 한껏 숨쉬게 될 것이다.

1830년에 하이네는 독일을 떠나 파리로 가게 된다.

그는 1836년부터 프랑스 정부에서 보조금을 받아 가난한 속에서 근근히 그의 파리생활을 엮어 나간다. 그러나 시인은 1840년에 병상에 눕게 된다. 그리고 병고의 고통 속에 결코 길다고 할 수 없는 그의 생애를, 60세를 일기로 1856년에 마감하게 된다.

그의 시의 새로운 인생 단계의 시편들은 바로 파리시절에 엮어진 시집 「신시집(Neue Gedichte)」이다. 1844년에 간행된 이 시집은 그의 생애 후반기의 대표시들로 엮어지고 있다.

결론적으로 하이네의 시세계는 이 역시집을 엮기 위한 텍스트가

된 두 시집으로 충분히 섭렵할 수 있으리라 여겨진다.

끝으로 전체적인 번역에 있어서는 되도록 직역(直譯)보다는 의역(意譯)에 유의하였음을 밝혀 둔다.

세계
명시
선집

□ 옮긴이 - **홍 해 영**
한국외국어대학 영어과 졸업 / 일본 센슈대학 인문과학 연구소 객원연구원(1991) / 「현대문학」 시추천 완료(1959) / 서울신문 신춘문예 시부문 당선(1959) / 제24회 한국문학상 수상(1987) / 제9회 한국문학평론가 협회상 수상(1990) / 신춘시 동인·한국문인협회 이사
▶ 시집 – 「내가 처음 너에게 던진 것은」(1986), 「수수한 꽃이여」(1989) / 시 해설집 「한국 현대시 이해와 감상」(1987) 등이 있음

세계명시선집 〈5〉 **하 이 네**

혁신 초판 발행 2021년 8월 31일
옮 긴 이 홍 해 영
펴 낸 이 최 석 로
펴 낸 곳 서 문 당
주 소 경기도 고양시 일산 서구 덕산로 99번길 85
우편번호 10204
전 화 031-923-8258
팩 스 031-923-8259
창립일자 1968년 12월 24일
창업등록 1968.12.26 No.가2367
출판등록 제 406-313-2001-000005호
ISBN 978-89-7243-816-8
초판 발행 1991년 11월 20일
* 파본은 바꾸어드립니다.